El sistema solar

LA Luna

Núria Roca y Carol Isern
Rocio Bonilla

edebé

¿Cosa de magia?

Hoy, parece que la Luna esté desapareciendo del cielo. La noche se vuelve muy, muy oscura.

—¿Verdad que parece cosa de magia? —ríe la mamá de Alice.

Pero no es cosa de magia, sino que es un eclipse de Luna. La ciencia ha estudiado muy bien los eclipses, ¡incluso los puede predecir!

Cosa de ciencia

Los científicos descubrieron que la Tierra se pone entre la Luna y el Sol y, por eso, la sombra de la Tierra tapa la Luna y no nos deja verla.

No todos los eclipses son iguales. A veces se cubre toda la Luna; otras veces, solo un trozo. ¡Pero siempre son espectaculares!

Los eclipses son antiguos

Los eclipses se conocen hace muchísimos años. Ya los asirios
y los babilonios los estudiaron y sabían cuándo iban a suceder.

Hoy en día se predicen gracias a los ordenadores, que calculan con exactitud los movimientos de la Tierra y de la Luna.

La Luna juega al escondite

—¿Y cuando la Luna tiene forma de gajo de naranja, es la mitad de un eclipse? —pregunta Oliver.
—¡Nooo! —responde la mamá de Alice.

A veces la Luna se ve muy redonda; otras veces la vemos como una C muy delgada y, otras, no se ve en absoluto. Son las diferentes fases de la Luna.

Las fases de la Luna

Los científicos han establecido cuatro fases de la Luna: llena, creciente, menguante y nueva.

En fase de Luna llena, la Luna se ve redonda y grande. En fase
creciente, la Luna tiene forma de D. En fase menguante, tiene
forma de C. Y cuando no se ve es Luna nueva.

Sombras en la Luna

La mamá de Alice les ha dado unos prismáticos para que miren la Luna.
—¡Uau! ¡Está llena de cráteres y montañas! —exclama Oliver.

Pero la Luna no tiene luz propia y refleja la luz del Sol como un espejo. Por eso hacen falta unos prismáticos con filtros especiales, ¡para que no nos hagamos daño en los ojos!

La Luna tiene cara

—¿Verdad que, cuando miráis la Luna, parece que tenga una cara? Eso es el efecto que producen las sombras de sus cráteres y montañas.

Por eso, muchas veces, cuando se dibuja la Luna, se le pone una cara.

La Luna es nuestra compañera

La Luna es el astro del sistema solar que tenemos más cerca y, además, siempre nos acompaña porque es nuestro satélite.
Un satélite es un astro que gira alrededor de un planeta.

Pero la Tierra es mucho más grande: si la Tierra tuviera la medida de un granito de uva, la Luna sería...
—¡Como un grano de arroz! —dice Alice.

Mercurio y Venus están solos

No solo la Tierra tiene su satélite, sino que muchos planetas vecinos también tienen.

La Tierra solamente tiene uno. Marte tiene dos. Pero Saturno, Júpiter, Urano y Neptuno tienen muchos. Y Mercurio y Venus no tienen ninguno.

El Mar de la Tranquilidad

—Había una vez unos intrépidos exploradores que viajaron
a la Luna. Se llamaban Collins, Armstrong y Aldrin —cuenta
la mamá de Alice.

—Armstrong dejó una huella en el suelo de la Luna,
en un lugar que se llama Mar de la Tranquilidad.

En la Luna no hay mares

—¿En la Luna hay mares?

—No, pero le pusieron ese nombre a una explanada que es tan grande como un mar. Tampoco hay ríos, ni árboles, ni animales, ni semáforos, ni casas, ni perros, ni gatos... En la Luna solo hay un polvo muy fino, ¡que no se mueve porque no hay viento!

Meteoritos y cráteres

—En la Luna hay muchos cráteres grandes y profundos —dice la mamá de Alice.

—Porque por el cielo viajan trozos de roca que se llaman meteoritos. Algunos de estos meteoritos, al caer sobre la superficie de la Luna, forman unos agujeros enormes que se llaman cráteres.

En la Luna no se puede vivir

Si estuvieras en la Luna, siempre verías el cielo negro y lleno de estrellas. De día hace tanto calor que es como si estuvieras dentro de un horno y, por la noche, tanto frío como el de diez congeladores juntos.

—Por eso, y porque no tendríamos agua, no podríamos irnos a vivir allí —explica la mamá de Alice.

El salto de Armstrong

—¡A mí me gustaría dar saltos tan divertidos como los de Armstrong! —dice Oliver, que ha visto algunos vídeos.

Armstrong saltaba porque en la Luna hay poca gravedad.
Allí, si intentáramos caminar, saltaríamos; ¡si quisiéramos
saltar, daríamos unos saltos que pareceríamos atletas!

La Tierra, el planeta azul

Los exploradores que llegaron a la Luna tomaron una fotografía que se ha hecho famosa y nos muestra la Tierra flotando en el espacio.

Se dice que la Tierra es el planeta azul porque es como una gran bola color celeste a causa de los mares y blanquecina a causa de la atmósfera.

Actividades

Un plato lleno de cráteres

Ahora deberás ir a la cocina: buscarás un plato, un paquete de harina y arroz. Pondrás harina en el plato hasta que tengas una capa de 1 cm de grosor aproximadamente. ¡Ya lo tienes listo! Empieza a tirar granos de arroz sobre la harina y fíjate que según la fuerza con que los lances, se formarán "cráteres" más o menos grandes.

Tiremos cosas al suelo

En esta actividad podrás hacer lo que tus padres nunca te permiten hacer: ¡tirar cosas al suelo! Busca objetos muy diferentes: una pelota de fútbol y una pelota de tenis, una pluma, una hoja de papel, un trozo de plastilina y una bola de algodón. Súbete en una silla y tira las dos pelotas al suelo. ¿Cuál de ellas llega antes al suelo? Ahora tira una pelota y una hoja de papel al mismo tiempo. ¿Cuál crees que tocará el suelo antes? Y, para terminar: pesa la pelota de tenis en una balanza y luego haz una gran bola de algodón que pese igual que la pelota de tenis. Tira los dos objetos. ¿Llegan al suelo al mismo tiempo?

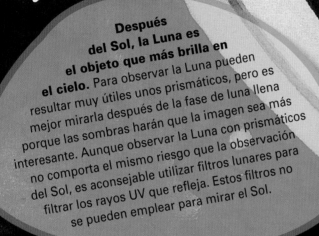

Guía para padres

Después del Sol, la Luna es el objeto que más brilla en el cielo. Para observar la Luna pueden resultar muy útiles unos prismáticos, pero es mejor mirarla después de la fase de luna llena porque las sombras harán que la imagen sea más interesante. Aunque observar la Luna con prismáticos no comporta el mismo riesgo que la observación del Sol, es aconsejable utilizar filtros lunares para filtrar los rayos UV que refleja. Estos filtros no se pueden emplear para mirar el Sol.

Las **fases de la Luna** son un efecto de iluminación: según se encuentre la Luna en relación con el Sol y la Tierra, se verá iluminada de forma diferente. Cuando el Sol ilumina toda la cara que vemos, decimos que es Luna llena. Cuando no la ilumina, no la vemos y decimos que es Luna nueva. En medio de estas dos fases solo vemos una parte que crece o mengua. En el hemisferio norte del planeta, cuando la Luna tiene forma de C, se encuentra en cuarto menguante; y cuando tiene forma de D se encuentra en cuarto creciente. Es por eso que se dice, popularmente, que la Luna miente. Pero esto solo sucede en el hemisferio norte.

En la antigüedad ya se medía el tiempo con las fases de la Luna. Una fase dura aproximadamente una semana, y todo el ciclo cumple, más o menos, un mes.

Un **eclipse de Luna**
sucede cuando la Tierra se coloca
entre el Sol y la Luna, es decir, cuando la Tierra
proyecta su sombra sobre la Luna. Pero durante un
eclipse, la sombra de la Tierra no es del todo negra sino
que tiene un tono rojizo a causa de la atmósfera, que da
color a los rayos de luz del Sol que la atraviesan. Por eso,
en un eclipse, la Luna no desaparece de la vista al quedarse
negra, sino que adquiere un color rojizo en lugar de su
tono luminoso habitual.

Apolo 11 fue una
misión lunar que llevó, por primera
vez, hombres a la Luna. En la nave viajaban
Collins, Armstrong y Aldrin. Mientras Collins,
dentro de la nave, se encargaba de supervisar las
maniobras del nodo lunar de exploración, Armstrong y
Aldrin pisaban la superficie de la Luna. Esto sucedió el 21
de julio de 1969. Armstrong pronunció la famosa frase:
"Un pequeño paso para un hombre, pero un gran
paso para la humanidad". El acontecimiento se
transmitió en todas las televisiones del
mundo.

La **gravedad** es una fuerza
de atracción que se da entre los objetos que
tienen masa, es decir, materia expresada en kilogramos.
Cuanta más masa tenga un objeto, mayor será su fuerza
de gravedad. Por eso, los objetos que caen al suelo tardan más
cuanto más ligeros son. El planeta Tierra tiene una fuerza de gravedad
que hace que nosotros no salgamos disparados al espacio, sino que
podamos caminar por el suelo con absoluta tranquilidad. Puesto que
la Luna es más pequeña que la Tierra, tiene una masa menor y,
por tanto, su gravedad es menor. Es por ello que Armstrong
daba saltos en la superficie lunar cuando quería
caminar por ella.

LA LUNA

Texto: Núria Roca y Carol Isern
Ilustración: Rocio Bonilla
Diseño y maquetación: Estudi Guasch, SL

© de la edición: EDEBÉ 2015
Paseo de San Juan Bosco, 62 – 08017 Barcelona
www.edebe.com

ISBN: 978–84–683–1563–8
Depósito Legal: B. 20244–2014
Impreso en China – 1.ª edición, febrero 2015
Atención al cliente: 902 44 44 41 – contacta@edebe.net